Napoléon Ratté
l'empereur du ballon rond

Entre deux parties de soccer,
visitez notre site :
www.soulieresediteur.com

Du même auteur

Chez le même éditeur :
Le nul et la chipie, illustré par Anne Villeneuve, Prix TD 2005. Prix du salon du livre de Trois-Rivières 2005 catégorie petit roman illustré. Finaliste au Grand prix du livre de la Montérégie 2005. 3e position au Palmarès de Communication- Jeunesse 2005.
Le fatigante et le fainéant, illustré par Anne Villeneuve, 2006. Prix du Gouverneur Général du Canada 2007.
Le menteur et la rouspéteuse, illustré par Anne Villeneuve, 2009. Grand prix du Salon du livre de Trois-Rivières 2011 (catégorie petit roman illustré). Finaliste au Prix Wallonie-Bruxelles 2011. Prix AQPF-ANEL 2011.

Aux éditions Québec Amérique :
Premier boulot pour Momo de Sinro, 1998. *Premier trophée pour Momo de Sinro*, 2000. *Première blonde pour Momo de Sinro*, 2001. *Première enquête pour Momo de Sinro*, 2002. *Premier voyage pour Momo de Sinro*, 2003. *Premier rôle pour Momo de Sinro*, 2005. *Première étoile pour Momo de Sinro*, 2006. Premier roman pour Momo de Sinro, 2008. Premier frérot pour Momo de Sinro, 2009.

Aux éditions Imagine : illustré par Marc Mongeau
Les pas de mon papa, 2005.
Les mains de ma maman, 2006.

Aux éditions Les 400 coups : illustré par Marc Mongeau
Petit héros dit ses premiers mots, 2002
Petit héros fait ses premiers pas, 2002.
Petit héros fait ses premières dents, 2004.
Petit héros fait pipi comme les grands, 2004.
Petit héros s'habille tout seul, 2006.
Petit héros monte les escaliers, 2006.
Petit héros boit sans dégâts, 2010.
Petit héros fait caca comme les grands, 2010.

Site internet de l'auteur :
www.barcelo.ca

Napoléon Ratté
l'empereur du ballon rond

un roman de

François Barcelo

illustré par Jean Morin

**SOULIÈRES
ÉDITEUR**

www.soulieresediteur.com

case postale 36563 — 598, rue Victoria
Saint-Lambert (Québec) J4P 3S8

Soulières éditeur remercie le Conseil des Arts du Canada et la SO-DEC de l'aide accordée à son programme de publication et reconnaît l'aide financière du gouvernement du Canada par l'entremise du Programme d'Aide au Développement de l'Industrie de l'Édition (PADIÉ) pour ses activités d'édition. Soulières éditeur bénéficie également du Programme de crédit d'impôt pour l'édition de livres – Gestion Sodec – du gouvernement du Québec.

Dépôt légal: 2012
Bibliothèque nationale du Canada
Bibliothèque et Archives nationales du Québec

**Données de catalogage avant publication
de Bibliothèque et Archives Canada**

Barcelo, François.

Napoléon Ratté, l'empereur du ballon rond
(Collection Chat de gouttière ; 43)

Pour les jeunes de 9 ans et plus.

ISBN 978-2-89607-147-0
I. Morin, Jean, 1959-   . II. Titre. III. Collection:
Chat de gouttière ; 40.
PS8553.A761N36 2012   jC843'.54   C2011-942431-2
PS9553.A761N36 2012

Illustration de la couverture
et illustrations intérieures :
Jean Morin
Conception graphique de la couverture :
Annie Pencrec'h

*Aux centaines de gars et de filles du
Québec, de La Réunion, de France et
du Canada qui m'ont suggéré de leur écrire
un roman dans lequel on jouerait
au foot, pour faire changement du hockey.
Je leur souhaite à tous et à toutes
beaucoup de buts (sauf aux gardiens
et aux gardiennes, bien entendu).*

Un nom raté, de la première
lettre à la dernière

« C'est le pire jour de ma vie », songe Napoléon Ratté en rentrant à la maison.

Il marche en se traînant les pieds. Et il s'arrête au feu rouge de l'avenue des Érables, même si le feu est en train de tourner au vert.

« C'est même pire que le pire jour de ma vie, puisque tous mes jours jusqu'à la fin de mes jours vont être comme aujourd'hui. »

Il n'a pas tout à fait tort. Son problème, c'est son nom. La plupart des problèmes, on finit par leur trouver une solution. Parfois, ils disparaissent si on fait semblant de les oublier. Mais un nom, on est pris avec le même pour toute la vie.

Jusqu'à aujourd'hui, Napoléon trouvait qu'avoir Ratté comme nom de famille, ça n'avait rien de glorieux, mais il lui semblait que son prénom compensait amplement. Napoléon, comme le grand empereur français, devrait suffire à faire oublier Ratté, qui se prononce comme raté, même s'il y a un *t* de plus.

Eh bien, non, c'est encore pire ! Parce qu'il vient tout juste de terminer un livre emprunté à la bibliothèque : une biographie de Napoléon 1er. C'était un général génial, qui gagnait presque toutes ses batailles. Mais c'était aussi un dictateur abominable. Et le dernier chapitre du livre concluait que, à cause de lui et de ses guerres, des millions de soldats et de civils ont été tués, dans presque tous les pays d'Europe.

Si Napoléon a le même prénom que cet abominable tyran, ce n'est pas de sa faute. C'est la faute du père de sa mère, qui est né en Corse, comme Napoléon Bonaparte, le futur empereur. La Corse est une île qui fait partie de la France. Et le grand-père maternel de Napoléon Ratté est, comme presque tous les Corses, un grand admirateur de l'empereur.

On peut aussi accuser le hasard, qui a voulu que Napoléon Ratté naisse un 15 août, fête de Napoléon en France et à plus forte raison en Corse. Sa mère, qui aurait préféré que son fils s'appelle Nicolas, a fait remarquer que cette fête-là n'était pas célébrée au Québec. Mais le grand-père a fait une grande colère : « Quand le petit-fils d'un Corse naît ce jour-là, ne pas l'appeler Napoléon, ça ne se fait pas. Peu importe où on est dans le monde. En plus, ça va faire oublier Ratté. » Et la mère du nouveau-né a fini par accepter plutôt que de faire un drame.

Il est vrai que Ratté, comme nom de famille, on peut difficilement tomber plus mal. Napoléon en a hérité de son père. « Le pire, c'est que c'est un nom qui me va trop bien », songe-t-il souvent. Il est nul dans tous les sports qu'il a essayés. Il n'a marqué que trois buts en trois ans de hockey bottine dans la cour de l'école, alors que chaque équipe en marque des dizaines à chaque partie. Il est même le seul joueur à connaître le nombre exact de ses buts au hockey bottine !

Au baseball, il n'a pas frappé un seul coup sûr pendant l'unique saison qu'il a joué. Il a obtenu deux buts sur balles, mais c'était quand même lui le pire frappeur de l'équipe, en plus d'être incapable d'attraper la balle quand elle venait dans sa direction. Il n'a jamais brillé non plus aux jeux vidéo. Il est meilleur que la moyenne en mathématiques et en français, mais ça ne rattrape pas son ratage complet dans tout le reste.

Le pire, c'est que Napoléon adore le sport. Il échangerait toutes ses bonnes notes à l'école pour être un champion de n'importe quoi. Et il lui arrive de se demander si c'est son nom de famille qui l'empêche de marquer des buts ou de frapper des coups de circuit.

Pourquoi ne s'appelle-t-il pas Colonna-Ratté, en joignant le nom de famille de sa mère à celui de son père, comme plusieurs garçons et filles de sa classe ?

Ça, c'est sa mère qui le lui a expliqué : elle s'appelle Gabrielle-Isabella Constantineau-Colonna, parce que sa mère à elle (donc, la grand-mère maternelle de Napoléon) était une Constantineau. Et elle s'arrache les cheveux chaque fois qu'elle doit écrire son nom dans les petites cases des formulaires des banques et des gouvernements. Il n'y a jamais assez de place. Donc, pas question d'appeler son fils Napoléon Constantineau-Ratté. Et à plus forte raison Napoléon Constantineau-Colonna-Ratté-Deslongchamps (tant qu'à faire, pourquoi ne pas rendre hommage aussi à sa grand-mère paternelle ?).

Napoléon songe à tout cela en se remettant en marche lorsque le feu passe au vert pour une troisième fois. Mais voilà qu'il s'arrête encore, cent mètres plus loin, au pied de l'escalier qui monte chez lui. « J'ai une idée ! », dit-il à haute voix parce qu'il n'y a personne pour l'entendre.

Il va écrire au premier ministre pour lui faire savoir combien c'est difficile de s'appeler Napoléon Ratté quand on est nul dans tous les sports et qu'on vient d'apprendre, par-dessus le marché, que Napoléon était un abominable dictateur. Le premier ministre est sûrement capable de changer des noms. Il peut faire construire des écoles, des hôpitaux et des autoroutes. Un changement de nom, ça prend bien moins de temps et ça ne coûte pas bien cher !

Napoléon va envoyer sa lettre en cachette. Comme ça, son grand-père sera bien obligé d'accepter quand la lettre du premier ministre arrivera avec son certificat de nouveau nom.

Quel nom demander ? Ce n'est pas évident. Le prénom, c'est facile. Il y en a des douzaines, de toutes les origines, qui n'ont jamais été portés par des dictateurs. Il suffit d'éviter ceux qu'il y a déjà dans sa classe, à l'école. Par exemple, il y a deux Sébastien et quand la maîtresse pose une question à Sébastien, ils sont toujours deux à répondre, même si ce n'est pas souvent la même chose.

Félix, Antoine, Nicolas... n'importe quoi, pourvu que ce ne soit ni Napoléon ni un nom déjà pris par un autre. Il suffit d'envoyer au premier ministre la liste des prénoms des gars de sa classe.

Quel nom de famille ? Ça, c'est encore plus facile : il va demander au premier ministre de le choisir pour lui. Mais peut-être que le premier ministre reçoit des milliers de demandes d'enfants mécontents de leurs noms. Il commencerait à en avoir assez et il va faire exprès de choisir Boris Katastrof ou Isidore Dégueulasz ou Séraphin Lepaphin.

Après une mûre réflexion de deux minutes au pied de l'escalier, Napoléon décide de se contenter du nom qu'il a déjà.

Il va s'y habituer, tôt ou tard. Dans dix, vingt, trente ans, il est fort possible que Napoléon Ratté soit content de s'appeler Napoléon Ratté. Surtout s'il est devenu un mathématicien célèbre ou un écrivain réputé. Peut-être inventera-t-il quelque chose – comme le micro-ondes refroidissant, qui serait bien plus pratique que le micro-ondes chauffant, parce qu'il permettrait de rafraîchir rapidement les plats trop brûlants. Et alors on appellera cet appareil un ratté, en hommage à son inventeur. Des milliards de gens, dans tous les pays du monde, prononceront son nom plusieurs fois tous les jours : « Mets donc ça trente secondes dans le ratté... La soupe est trop chaude, mais ce n'est pas grave, on vient d'acheter un ratté... Ouvre donc le ratté pour voir si la crème glacée est assez dure... »

Ragaillardi par la perspective de voir son propre nom devenir un nom commun (comme c'est arrivé à madame Frigidaire et au général Electrique), Napoléon gravit avec joie les seize marches d'escalier qui mènent au logement de la famille Ratté.

2

Bonne fête,
mais mauvais jour

Il ferme la porte d'entrée derrière lui et crie « C'est moi ! », comme chaque fois qu'il revient de l'école. Cette annonce est inutile puisque ça ne peut être que lui qui arrive à cette heure-là. Mais c'est une habitude, et s'il ne lançait pas son cri, sa mère Gaby (elle interdit qu'on l'appelle Gabrielle et à plus forte raison Gabrielle-Isabella) demanderait sûrement : « Qui est là ? ». Elle l'accueille plutôt, immanquablement, par : « Comment ça a été, à l'école ? ». Question à laquelle Napoléon ne répond que s'il est lui arrivé quelque chose d'extraordinaire. Donc, pas plus qu'une ou deux fois par année.

Mais il se passe aujourd'hui un événement surprenant et pas du tout habituel, puisque c'est une chanson qui répond au cri de Napoléon :

« Napoléon, c'est à ton tour
De te laisser parler d'amour. »

Napoléon reconnaît bien sûr la chanson de Gilles Vigneault devenue incontournable pour les anniversaires de naissance.

Il reconnaît aussi les voix qui chantent. Ce sont celles de toute sa famille, qui est là devant lui.

Sa mère, évidemment, qui est toujours à la maison quand il revient de l'école, parce qu'elle travaille dans la buanderie de l'hôpital le plus proche et finit à trois heures de l'après-midi.

Son père aussi est là. Il travaille pour la ville et a des horaires compliqués, selon qu'il ramasse les ordures ou le recyclage, quand il ne s'occupe pas du déneigement ou de combler des nids-de-poule. Mais il s'arrange toujours pour être à la maison de bonne heure quand il y a un anniversaire, que ce soit celui de sa femme, de son fils ou de son beau-père.

Le grand-père est là, lui aussi, avec son chapeau sur la tête pour cacher qu'il commence à perdre ses cheveux. D'ordinaire, il rentre à la maison juste avant le souper, surtout quand il fait beau. Depuis qu'il a pris sa retraite, il passe ses après-midi au parc de la sixième avenue, à jouer à la pétanque ou aux cartes avec d'autres gens aux cheveux blancs ou au crâne dégarni.

Il n'y a personne d'autre. Napoléon n'a ni frère ni sœur. Sa grand-mère Louise est décédée depuis trois ans. Et ses deux autres grands-parents habitent à la campagne.

— Bonne fête, Napoléon ! s'écrie toute sa famille avec un ensemble pas trop difficile à réussir quand on n'est que trois.

Il y a, sur la table de la cuisine, un gâteau d'anniversaire avec des bougies allumées et « BONNE FÊTE NAPOLÉON» écrit en lettres bleues sur glaçage blanc. Et aussi deux boîtes soigneusement emballées dans du papier de fantaisie. Deux cadeaux d'anniversaire, c'est évident. Destinés à Napoléon, c'est aussi évident maintenant qu'il a entendu la chanson et vu son nom sur le gâteau.

Pourtant, une chose continue de l'étonner au plus haut point.

Tellement qu'il jette un coup d'œil au calendrier suspendu au mur : il est bel et bien ouvert à la page du mois de mai, pas à celle du mois d'août. Preuve supplémentaire qu'on est en mai : il était à l'école aujourd'hui, alors qu'il n'y a jamais d'école le 15 août.

Tous les membres de sa famille seraient-ils devenus fous ? Les trois en même temps ? Ce serait étonnant, mais on ne sait jamais. Napoléon a presque envie de téléphoner au 9-1-1 pour qu'ils envoient de toute urgence une ambulance remplie de psychiatres.

Il se contente de bredouiller :

— Mais ma fête, ce n'est pas aujourd'hui. C'est dans trois mois.

Sa mère, son père et son grand-père éclatent de rire, fiers de la bonne blague qu'ils viennent de lui faire.

3

Un sport qui a plus de noms qu'il n'en a besoin

Napoléon aimerait bien rire, lui aussi, mais il ne voit pas ce qu'il y a de drôle.

— Commence par souffler sur les bougies et tu vas tout comprendre en déballant tes cadeaux, dit Gaby.

Il s'approche de la table, souffle les bougies d'un seul coup. Misère : il a oublié de faire un vœu. Il aurait dû demander un nouveau nom, de préférence pas ridicule. Trop tard. Tant pis. Il défait le premier emballage.

Il y a deux objets à l'intérieur d'une boîte. Deux objets identiques, en plastique très dur, qui ressemblent à des jambières de hockey, mais en plus petit. Même s'ils étaient de la bonne taille, ça n'aurait pas de bon sens, lui donner un cadeau pareil, au mois de mai. La saison de hockey ne commencera pas avant octobre. De toute façon, c'est un sport qui coûte trop cher. Ses parents l'ont toujours dit : une fortune en équipement et en frais d'inscription. Rien ne l'empêchera de jouer dans le parc quand la patinoire sera bien gelée et si ses vieux patins ne sont pas devenus trop petits. Mais dans une vraie ligue de hockey, avec de la vraie glace artificielle, à l'aréna municipal ? Pas question, à moins que ses parents aient gagné à la loterie, mais ce serait étonnant parce qu'ils n'achètent jamais de billet.

Simon Ratté voit que son rejeton ne devine toujours pas de quoi il s'agit.

— Ouvre l'autre boîte, ça explique tout.

Napoléon obéit. Cette fois, il découvre une paire de souliers. Mais on n'en met jamais pour jouer au hockey, sauf pour le hockey bottine, comme de raison. Et puis le hockey bottine, ça prend des bottines, pas des souliers comme ceux-là ! Il en examine un. C'est une chaussure très légère, très souple. Il la retourne : il y a des crampons en dessous. À quoi ça peut bien servir ?

— Ce sont des souliers de foot, explique son grand-père.

— De soccer, si tu préfères, ajoute Simon.

Il donne cette précision inutilement. Son fils sait que le soccer et le foot, c'est le même sport, mais qu'en Amérique on préfère parler de soccer pour le distinguer du football américain et du football canadien, qui se jouent avec un ballon ovale, pas un ballon rond.

— Et ça, ce sont des protège-tibias, explique encore le grand-père, comme si Napoléon pouvait ignorer à quoi ces objets peuvent servir, maintenant qu'il a compris qu'on lui a acheté l'essentiel de l'équipement de soccer.

Par contre, ces cadeaux ne peuvent avoir aucune utilité, parce qu'il n'y a pas d'équipe dans l'arrondissement Val-aux-veaux où habite la famille de Napoléon. Tous les printemps, *Le Clairon du Centre,* l'hebdomadaire local, réclame qu'on forme une ligue qui réunirait les jeunes des différents arrondissements du centre de la ville, parce que le sport est le meilleur moyen de les empêcher de faire des mauvais coups et de devenir des criminels. C'est toujours refusé, la municipalité prétextant le manque d'argent pour aménager les parcs. Les garçons et les filles se contentent de jouer dans la cour de l'école, mais ce n'est pas du vrai football. Le terrain n'a pas la taille réglementaire, il n'y a pas de filets et ils mettent n'importe quoi par terre pour marquer la limite des buts. Finalement, ça ressemble beaucoup plus au hockey bottine qu'à la Coupe du monde de soccer.

— Tu ne sais pas la nouvelle ? demande Simon en constatant que son fils semble déçu de ses cadeaux.

— La nouvelle ?

— *Le Clairon* a gagné : il va y avoir une ligue de soccer pour les jeunes de ton âge. Avec des équipes dans tous les arrondissements. Et je t'ai inscrit ! L'entraînement commence dimanche prochain. C'est pour ça qu'on a décidé de te donner tes cadeaux d'anniversaire tout de suite.

Napoléon n'a pas l'air très content. Ce ne sera probablement qu'une nouvelle occasion de démontrer qu'il ne s'appelle pas Ratté pour rien. Gaby se dépêche d'ajouter :

— N'aie pas peur, Napoléon, on va fê-
ter ton vrai anniversaire au mois d'août.
Je te ferai un autre gâteau.

— Et je te donnerai encore un petit
cadeau, ajoute Simon.

— Moi aussi, promet le grand-père.

Napoléon s'efforce de sourire, comme
s'il était vraiment rassuré. Mais il ne l'est
pas du tout. Maintenant qu'il a l'équipement nécessaire pour jouer au soccer, il
n'aura même pas une bonne excuse pour
être le pire joueur de la nouvelle ligue.

4

Marquer un but, c'est bien.
Dans le bon but, c'est mieux !

Pendant le souper, le grand-père ne se gêne par pour raconter ses exploits quand il avait l'âge de Napoléon et était le meilleur joueur de son village corse. Comme personne ne peut le contredire, il peut multiplier le nombre de ses buts par deux ou par trois.

Mais Napoléon ne l'écoute pas. Parce qu'il pense à Vanessa.

Vanessa Romanov est la meilleure amie de Napoléon. C'est d'ailleurs ce qui le chagrine le plus : il préférerait qu'elle soit sa blonde, pas seulement sa meilleure amie. Une blonde qu'on aime pour de vrai. Pas juste une fille pour jouer et parler. Une fille avec laquelle on peut parfois rester des heures entières sans faire un geste et sans dire un mot, parce qu'on devine ce qu'elle pense et elle devine ce qu'on pense.

Il ne l'a dit à personne, mais Napoléon rêve de se marier un jour avec Vanessa. Il a d'ailleurs intérêt à être patient. Il lui reste une dizaine d'années pour prouver à Vanessa qu'il n'est pas du tout le garçon raté qu'il semble être. Il va grandir encore, devenir fort, écrire des poèmes ou des chansons, apprendre à jouer du piano ou de la guitare, gagner des championnats d'orthographe ou de calcul. Peut-être même quelqu'un inventera-t-il un sport dont il sera champion. Dans dix ans, Vanessa ne pourra pas faire autrement que de l'aimer. En attendant, Napoléon fait semblant, tous les jours, d'être ce qu'il n'a pas vraiment envie d'être, même si c'est cent fois mieux que rien : le meilleur ami de Vanessa.

Le problème, avec cette nouvelle ligue, c'est que Vanessa est très forte dans les sports. Par exemple, elle est gardienne de but pour une équipe de hockey dans laquelle tous les autres joueurs sont des garçons. Et son équipe a gagné les deux derniers championnats régionaux. Au soccer, elle va sûrement être choisie comme gardienne de but et elle va être aussi bonne. Mais c'est dommage pour l'équipe de l'arrondissement Val-aux-veaux, dont Napoléon va faire partie, parce que Vanessa habite dans l'arrondissement voisin, celui de Brastigouche.

Avec Vanessa dans les buts, l'équipe de Brastigouche va battre celle de Val-aux-veaux à plate couture.

En avalant la dernière bouchée de son gâteau d'anniversaire, Napoléon a une vision catastrophique. Que voit-il donc ? Des centaines de gens sont venus voir le premier match de soccer entre Brastigouche et Val-aux-veaux. Vanessa est gardienne de but pour Brastigouche. Napoléon joue à l'avant, pour Val-aux-veaux. Il ne reste plus qu'une minute à écouler. C'est zéro à zéro, et Alix Casimir lui fait une magnifique passe, juste devant le but. (Alix va sûrement faire partie de l'équipe de Val-aux-veaux, il adore les sports et en plus il est le contraire de Napoléon : il est très bon dans tout, pourvu que ce ne soit pas en classe.) Napoléon se retrouve seul avec le ballon. Vanessa est dans le but, devant lui. Et il tire de toutes ses forces.

Où va le ballon ? Napoléon a l'embarras du choix pour la réponse : deux ou trois mètres au-dessus du filet, sinon à droite ou à gauche, ou en plein sur Vanessa qui fait l'arrêt sans effort. Avec sa chance, le ballon rebondira sur la barre transversale et se dirigera ensuite tout droit vers le but de Val-aux-veaux. Et avec le talent bien spécial que peut avoir toute espèce de balle quand c'est Napoléon qui tape dessus, il entrera dans le filet. Mais pas le bon : celui de son équipe !

À cause de lui, Val-aux-veaux perdra le match. Vanessa lui sera-t-elle reconnaissante de ne pas l'avoir déjouée ? Même pas. Quand on a un meilleur ami aussi poche, poire, pourri et tous les synonymes qu'il peut y avoir pour le mot nul, on ne le garde pas, on s'en débarrasse.

Le téléphone sonne et sort Napoléon de son cauchemar. Gaby va répondre, puis annonce à Napoléon que c'est pour lui. Ça ne peut être que Vanessa. Napoléon s'empare du téléphone et s'en va dans sa chambre, ce qui fait rire les autres, même s'il n'y a là rien de drôle.

Oui, c'est Vanessa. Elle est excitée elle aussi par la formation de la toute nouvelle ligue de soccer :

— Les filles et les gars pourront jouer ensemble. Je vais essayer d'être la gardienne de but. Le premier match est annoncé pour la Saint-Jean-Baptiste. Ta mère m'a dit qu'elle t'a acheté tout ce qu'il faut. On va avoir un entraînement dimanche. As-tu hâte ?

Non, Napoléon n'a pas du tout hâte, ni à l'entraînement ni au premier match. Il vient de décider qu'il vaut mieux abandonner avant même d'avoir commencé. De toute façon, les protège-tibias et les souliers sont parfaitement neufs. Ses parents pourront se les faire rembourser par le magasin.

— Non. J'ai des tas de choses à faire.

— Comme quoi ?

— Je suis en retard dans mes devoirs.

Vanessa connaît trop bien Napoléon pour ne pas deviner son petit jeu.

— Toi, tu ne veux pas jouer au soccer. Pourquoi ?

Un gars comme Napoléon peut-il avouer qu'il n'a pas envie de jouer contre sa future blonde parce qu'il est sûr que c'est elle qui va gagner ? D'autant plus que jamais il ne parviendra à marquer un but contre elle ? Non. Il préfère dire n'importe quoi :

— Moi, je trouve que c'est un sport de filles.

Il y a un petit silence, puis Vanessa explose, à l'autre bout du fil :

— Zidane, Forlán, Beckham, c'est des filles, ça ?

Napoléon ne regarde presque jamais les sports à la télévision. Chaque bon coup d'un joueur lui rappelle qu'il ne sera jamais capable d'en faire autant. Mais il devine que ce sont des joueurs de soccer. Et tous des hommes, sinon Vanessa ne les mentionnerait pas. Elle continue :

— Un sport de filles ? Où est-ce que tu vas chercher ça ? Pour une fois qu'on aurait la chance de jouer dans la même équipe tous les deux, tu racontes n'importe quoi pour te défiler.

Napoléon songe à protester : ce n'est pas ce qu'il voulait dire. Mais qu'est-ce qu'il voulait dire, alors ? Ça n'a plus d'importance, parce qu'un détail a attiré son attention : Vanessa vient de dire qu'ils seraient tous les deux dans la même équipe.

— Comment ça, on serait dans la même équipe ?

— Bien oui. Il n'y a pas assez de joueurs inscrits, alors ils vont faire une seule équipe, avec Val-aux-veaux et Brastigouche ensemble.

Napoléon aurait envie de crier « Youpi ! », tout d'un coup. S'il joue dans la même équipe que Vanessa, ça change tout ! Pour commencer, il est sûr d'être tout le temps du côté des gagnants, avec une gardienne pareille. Surtout, il ne risquera jamais de rater un but contre Vanessa, puisqu'il n'aura jamais à tirer contre elle !

Le problème, maintenant, c'est d'annoncer à Vanessa qu'il a changé d'avis. Comment faire ? Prétendre qu'il faisait une blague...

— Je disais ça pour rire. C'est évident que je veux jouer. Le sport, c'est bon pour la santé.

Vanessa est tellement contente qu'elle ne lui demande pas ce qui lui a fait changer d'avis si soudainement.

— Je savais que tu voudrais. J'ai hâte de jouer avec toi.

Voilà maintenant notre Napoléon parfaitement satisfait. Mais il a malgré tout une petite inquiétude. Que se passera-t-il si Vanessa s'aperçoit qu'il est le pire joueur de soccer de la planète ? Il ne peut pas en être sûr, puisqu'il n'a jamais joué ailleurs que dans la cour de l'école. Mais ça ne l'étonnerait pas du tout.

Il se connaît. Trop bien.

5

Un match se joue mieux à deux équipes.

On célèbre la Saint-Jean aujourd'hui, 24 juin, jour de fête nationale des Québécois.

Il y a toujours beaucoup d'activités, ce jour-là, dans le grand parc de la sixième avenue, à la limite des deux arrondissements. Il y a des courses de vélos, des dégustations de poutine et de crêpes au sirop d'érable, des spectacles, des discours, des feux d'artifice. Mais cette année c'est aussi le jour du premier match du Bravo des arrondissements Brastigouche et Val-aux-veaux. C'est le nom qu'a choisi l'entraîneur, Stéphane Brind'Amour, qui est aussi l'entraîneur de l'équipe de hockey de Vanessa. Il a fait remarquer que Bravo réunit les noms des deux arrondissements : le début de l'un et la fin de l'autre. Et tout le monde a crié bravo !, comme de raison.

Après trois séances d'entraînement, l'équipe est prête à affronter le Porte-Bonheur de l'arrondissement Saint-Ignace. Le terrain de la sixième avenue, qui ne servait jusque-là qu'au baseball, a été réaménagé pour le ballon rond, avec des buts tout neufs et des lignes blanches fraîchement tracées à la chaux.

Les dix-neuf joueurs du Bravo sont là. Brastigouche et Val-aux-veaux sont deux des arrondissements les plus pauvres de la ville. Plusieurs dizaines de garçons et de filles auraient aimé s'inscrire, mais leurs parents n'avaient pas tous les vingt-cinq dollars pour payer l'inscription ni les sous nécessaires pour acheter des chaussures et des protège-tibias. L'an prochain, on va essayer de trouver des commanditaires parmi les commerces des deux arrondissements, mais on s'y est pris trop tard, cette année. De toute façon, dix-neuf joueurs suffisent pour former une équipe puisqu'il n'y en a que onze sur le terrain en même temps.

Napoléon ne sera pas des onze partants. Mais l'entraîneur a promis que tous participeraient. De toute façon, le règlement de la nouvelle ligue l'oblige à utiliser chaque joueur pendant au moins une demie par match. Les huit laissés en touche au début entreront à la mi-temps.

Tous les joueurs ont deviné que les meilleurs de la première demie resteront pour la deuxième. C'est presque décidé d'avance : la gardienne de but (Vanessa, évidemment), plus les deux meilleurs attaquants (Alix Casimir, bien entendu, qui est dans la même classe que Napoléon, et Omar Boudiaf, qui va à la même école que Vanessa).

Alix joue comme un champion, même s'il n'a que des souliers de course aux semelles usées, alors que tous les autres ont des crampons. Napoléon s'est même demandé s'il ne devrait pas lui prêter ses chaussures. Mais s'il renonce à ses souliers à crampons, il sera lui-même encore plus nul, alors qu'il est déjà le moins bon de l'équipe. Pas question d'abandonner ses crampons.

Le Porte-Bonheur a du retard. L'arrondissement Saint-Ignace est à l'autre bout de la ville, mais l'équipe devrait être là depuis une demi-heure. La foule, qui remplit presque complètement les gradins, commence à s'impatienter et scande « Saint-Ignace perd la face, Saint-Ignace perd la face ».

Tout à coup, Stéphane Brind'Amour prend son téléphone cellulaire dans sa poche et le porte à son oreille. Il fait signe à la foule de se taire. Tout le monde se tourne vers lui.

Il replie son cellulaire et annonce :

— L'autobus du Porte-Bonheur a eu un accident. Il y a quatre blessés légers. Rien de bien grave, mais ils ne pourront pas jouer aujourd'hui.

Un grand « Aaaah... » de déception parcourt la foule. Mais Alix Casimir court vers Stéphane Brind'Amour et lui dit quelque chose que les autres ne peuvent pas entendre. L'entraîneur lève ensuite les bras pour attirer l'attention. Les spectateurs qui commençaient à descendre des gradins s'arrêtent pour l'écouter.

— Notre ami Alix suggère qu'on joue un match intra-équipe. À dix-neuf, on est presque assez nombreux. Est-ce qu'il y a des jeunes parmi les spectateurs qui aimeraient se joindre à eux ? Si on était vingt-deux, ce serait parfait. J'ai encore trois chandails du Bravo. Pas besoin d'avoir des souliers à crampons, des espadrilles suffisent. Et le premier joueur qui osera donner un coup de pied dans la cheville d'un de ceux qui n'ont pas de protège-tibias aura un carton rouge automatique.

Deux garçons accourent. Deux gars que Napoléon n'a jamais vus. Un peu plus grands que lui. Et une blonde, que Napoléon ne connaît pas non plus, s'avance timidement. C'est une fille forte et costaude. Au moins autant que Napoléon, probablement plus.

Les nouveaux joueurs enfilent des maillots rouges tout neufs.

Ils sont vingt-deux, maintenant. Assez pour former deux équipes de onze. On peut jouer ! Les spectateurs se hâtent de retourner à leurs places.

Napoléon est content : comme ils ne sont que onze dans son équipe, il va jouer dès la première demie, et il ne sera pas remplacé à la mi-temps !

Il est vrai que ça lui donnera plus de temps pour faire des gaffes. Mais aussi pour marquer de bons coups. Tout est possible, tant qu'on n'a pas commencé.

6

Il n'y a rien de pire
qu'être le pire.

Stéphane Brind'Amour demande aux deux meilleurs joueurs d'attaque, Alix et Omar, de former les équipes. Chacun choisira à tour de rôle. Alix gagne à pile ou face, et désigne d'abord Vanessa. Quand on a le meilleur gardien de but, on a toutes les chances de gagner. Omar réclame ensuite un garçon, le plus solide défenseur parce que personne d'autre que Vanessa n'a gardé le but pendant les exercices.

Bientôt, il ne reste plus que deux joueurs à sélectionner : la blonde qui vient tout juste de se joindre à l'équipe, et Napoléon, qui songe aussitôt « Alix ne peut pas faire autrement que de me choisir ». Il est vrai qu'il n'a rien d'un champion, mais il court toujours après le ballon, fait des efforts constants et n'abandonne jamais la partie. Pendant les entraînements, dans les exercices de tirs au but, il lui est arrivé de passer à quelques dizaines de centimètres de marquer contre Vanessa. Si le filet avait mesuré un mètre de plus de chaque côté et autant vers le haut ou vers le bas, il aurait sûrement marqué au moins une fois.

En défensive, il ne brille pas tellement plus qu'à l'offensive. Dans les exercices de match simulé, quand il était d'un côté, les adversaires faisaient exprès d'aller de ce côté-là parce que c'était lui le plus facile à déjouer. Il arrivait souvent qu'on lui passe le ballon entre les jambes.

Par contre, Napoléon a sur la blonde un avantage évident : il a des souliers à crampons, lui. Et des protège-tibias. Il a donc bien plus qu'elle l'air d'un vrai joueur de soccer.

Alix regarde la fille, puis Napoléon, puis la fille encore et Napoléon une dernière fois. Il hésite quelques secondes de plus. Juste assez pour que Napoléon, convaincu qu'il sera choisi, fasse un pas dans la direction de sa nouvelle équipe.

— Toi, dit alors Alix.

Mais son doigt ne pointe pas dans la direction de Napoléon. Il désigne plutôt la blonde, qui sautille de joie parce qu'elle n'est pas la dernière choisie, alors qu'elle commençait à craindre d'être la victime de ce suprême déshonneur.

Omar se résigne à accepter Napoléon dans son équipe, mais en haussant les épaules, comme s'il préférait s'en passer et jouer avec un joueur de moins.

Napoléon fait quelques pas vers ses coéquipiers. Mais il doit contourner Alix pour aller se joindre à eux, et il ne peut s'empêcher de lui demander :

— Pourquoi tu l'as prise, elle ? Tu ne la connais même pas.

— C'est parce que toi, je te connais.

Napoléon, qui a déjà subi quelques vexations dans sa vie, se dit qu'il vient de battre son record personnel d'humiliation. Peut-être même devrait-il envoyer sa candidature au *Livre des records* dans une nouvelle catégorie : « Sportif qui s'est le plus fait humilier le jour de sa fête nationale ».

7

**Un grand-père peut-il faire
un bon entraîneur ?
Ça reste à voir.**

Stéphane Brind'Amour se tourne de
nouveau vers les spectateurs.

— Écoutez, ça nous prendrait un entraîneur pour l'autre équipe. Est-ce que
quelqu'un a de l'expérience comme entraîneur de soccer ?

Personne ne répond ni ne lève la
main. Stéphane élargit les possibilités :

— Ou de baseball ?

Toujours pas de réponse. Il faut dire
que les parents des joueurs sont des ori-

gines les plus diverses. Il viennent d'Haïti, d'Afghanistan, de Chine, d'Algérie, du Liban, du Vietnam, du Chili, de Grèce et d'une dizaine d'autres pays où le baseball est loin d'être le sport national. Il y en a deux ou trois qui ont déjà été entraîneurs d'une équipe de soccer, mais ils n'osent pas lever la main parce qu'ils ont peur de ne pas parler le français suffisamment bien et de faire honte à leurs enfants (qui seraient pourtant très fiers d'eux).

— De hockey ? De ringuette ? De n'importe quel sport ?

Des centaines de hochements de tête parfaitement synchronisés répondent unanimement : non, il n'y a dans la foule aucune espèce d'entraîneur. Stéphane Brind'Amour a alors une idée :

— Quelqu'un a déjà joué au soccer, au moins ?

Nouveau silence, même si au moins la moitié des pères et plusieurs mères ont déjà pratiqué ce sport lorsqu'ils étaient plus jeunes. Mais de là à se proposer comme entraîneur d'une équipe, il y a un pas qu'ils n'osent pas franchir. Stéphane Brind'Amour répète sa question. Enfin, une voix chevrotante mais puissante, dotée d'un accent qui semble français sauf aux oreilles d'un spectateur qui aurait reconnu l'accent corse, s'écrie enfin :

— Moi ! Moi, j'ai déjà joué au football.

Tout le monde se tourne pour voir qui parle. Il n'a ni le physique ni l'allure d'un joueur de n'importe quelle espèce de football. Plusieurs le reconnaissent : Lisandru Colonna, le vieux Corse qui habite dans le quartier depuis on ne sait combien de décennies, et qui, depuis qu'il a pris sa retraite comme maçon et habite chez sa fille, il passe ses matinées dans le parc à nourrir les écureuils et les pigeons et ses après-midi à jouer aux cartes et à la pétanque avec d'autres pas plus jeunes que lui. S'il a joué au soccer, c'est sûrement avant qu'il immigre ici. Espérons qu'il se souvient des règles du jeu et qu'elles n'ont pas trop changé depuis l'ancien temps.

Stéphane Brind'Amour lui fait signe de s'approcher. Le grand-père de Napoléon descend des gradins, trébuche et fait une chute qui fait rire la moitié de l'assistance et plonge l'autre moitié dans l'inquiétude. Il se relève et s'assure que son chapeau est toujours sur sa tête et que personne n'a vu qu'il lui manque des cheveux. Il salue la foule en agitant une main pour montrer qu'il est toujours vivant.

Napoléon espère que l'équipe d'Alix va obtenir comme entraîneur son grand-père qui n'a sans doute pas joué au soccer depuis cinquante ou soixante ans. Il fait le calcul : il y a indiscutablement une chance sur deux pour que Napoléon n'ait pas Lisandru Colonna comme entraîneur.

Mais il commence à se douter que ce 24 juin ne sera pas du tout sa journée chanceuse, parce que Stéphane Brind'Amour décide :

— Moi, je vais diriger l'équipe d'Alix, vous prendrez celle d'Omar.

Lisandru Colonna arbore un large sourire. Il est absolument ravi : il va diriger l'équipe de son petit-fils. Il est convaincu que Napoléon est un excellent joueur de foot et qu'ils vont – comme entraîneur et comme joueur – mener l'équipe à une victoire écrasante. Une victoire qui fera jusqu'à la fin des temps la gloire des descendants de Lisandru Colonna et, par la même occasion, de Napoléon Ratté.

Avant même le coup de sifflet de la mise en jeu, Napoléon commence, de son côté, à songer que la partie s'annonce catastrophique pour lui et son équipe. Son grand-père ne semble pas s'en douter. Mais Napoléon le sait pour deux.

8

Les secrets de gagnant de Lisandru Colonna.

Les joueurs de l'équipe d'Omar entourent leur entraîneur. Il semblent tous convaincus (à l'exception de Napoléon) qu'un vieux monsieur comme lui, qui a joué au soccer en Europe au siècle dernier et peut-être même dans celui d'avant ne peut pas faire autrement que connaître des tas de bons trucs pour mener son équipe à la victoire.

Et ça tombe bien, parce que le maçon à la retraite a justement des idées pour y arriver.

—Voulez-vous savoir comment gagner un match de foot ? demande-t-il.

— « Ouiii ! » s'écrient ses joueurs avec enthousiasme.

Il y en a même qui regardent en rigolant du côté de l'autre équipe. Ceux-là n'ont pas comme eux la chance d'être dirigés par un vénérable vétéran européen. Ils le sont par un petit jeunot de même pas quarante ans, né au Québec et qui connaît le hockey sur le bout de ses doigts, mais n'a pas été élevé dès sa tendre enfance dans la véritable culture du football. La preuve : leur entraîneur à eux parle de foot, alors que l'autre parle de soccer.

—Je vais vous le dire, annonce Lisandru Colonna en baissant le ton pour éviter que l'autre équipe ne lui vole ses secrets. C'est même d'une simplicité enfantine : nous n'avons qu'à marquer plus de buts que nos adversaires.

Napoléon est consterné. Son grand-père vient de dire une platitude évidente. Pour ne pas dire une lapalissade, mot que Napoléon a découvert dans son dictionnaire et qui vient d'Alexandre de La Palice, un homme de l'ancien temps qui affirmait, par exemple : « Un quart d'heure avant sa mort, il était encore en vie. »

Mais ses coéquipiers sont plus optimistes, apparemment, puisqu'ils accueillent cette banalité avec des «yé!», des «c'est vrai, ça!» et des «ouiiiiii!» délirants d'enthousiasme.

— Il faut donc faire deux choses, précise alors leur entraîneur : d'abord, marquer le plus de buts possible, et ensuite empêcher l'autre équipe d'en marquer autant que nous. Comme ça, il est absolument impossible de perdre.

Napoléon n'en croit pas ses oreilles. Non seulement d'entendre de pareilles platitudes, mais en plus de devoir écouter les nouvelles exclamations passionnées de ses coéquipiers. Il songe même à écrire aux auteurs de son dictionnaire pour leur proposer d'ajouter le mot *colonnade* comme synonyme de *lapalissade*.

— Allez, et faites honneur à votre entraîneur.

Les joueurs s'élancent et se dispersent sur leur moitié de terrain. Lisandru Colonna retient le bras de son petit-fils et lui glisse à l'oreille :

— Toi, Napoléon, n'oublie pas que je compte sur toi.

Il plonge ainsi dans le plus profond désespoir le pauvre garçon qui aurait en-

vie de crier : « Papy, tu n'as rien compris :
si j'ai été pris comme dernier joueur de
notre équipe, ce n'est pas parce que je
suis le meilleur, c'est parce que je suis le
plus nul. C'est moi la dernière personne
sur laquelle tu peux compter. »

Il n'en dit rien, parce que Lisandru
Colonna est, à bien y penser, encore plus
nul comme entraîneur que Napoléon
Ratté comme joueur.

« On fait une belle paire », conclut-il
avec philosophie puisqu'il ne peut rien
conclure de mieux.

9

ovarB contre Bravo

Les deux équipes prennent place cha-
cune dans sa moitié de terrain. L'arbitre, un grand garçon de seize ans,
s'avance et étend les bras pour signifier
qu'il reste encore un problème à régler.
Il fait signe aux deux entraîneurs de s'approcher.

— Comment voulez-vous que j'arbitre
cette partie ? Tout le monde a le même
uniforme. Impossible de savoir qui est
hors-jeu. En plus, vos joueurs vont avoir
de la difficulté à se distinguer entre eux.

Vous n'avez pas des chandails d'une autre couleur ?

Non, puisque les maillots du Porte-Bonheur sont dans un autobus qui vient d'avoir un accident, à l'autre bout de la ville.

Il y a un long silence pendant lequel l'imagination de l'arbitre et des deux entraîneurs est mise à rude épreuve. L'arbitre se demande s'il pourrait faire jouer une équipe torse nu. Mais il y a des filles dans les deux équipes... Stéphane Brind'Amour songe un instant à teindre la moitié des maillots en bleu. Mais ça prendrait trop de temps. Il se rabat plutôt sur une autre solution : il suffirait qu'une équipe porte des chapeaux, et que les adversaires jouent nu-tête. Mais juste comme il ouvre la bouche, Lisandru Colonna prend la parole, car il a trouvé la solution :

— Napoléon, viens ici.

Son petit-fils accourt. Qu'est-ce qu'on lui veut ?

— Enlève ton maillot, ordonne son entraîneur.

Napoléon obéit sans se faire prier. Il est absolument enchanté d'être retiré de l'équipe avant même que le match ait débuté.

— Retourne-le à l'envers et remets-le.

Napoléon commence à comprendre qu'il n'est pas nécessairement expulsé. Il se résigne à retourner le chandail, et l'enfile.

— Regardez, triomphe Lisandru Colonna : de ce côté-là, le rouge est beaucoup plus pâle. Presque rose. Pas du tout comme le rouge.

Le rose n'est pas la couleur préférée de Napoléon. Mais il sait qu'on va rire de lui pour plusieurs autres raisons dans l'heure et demie qui va suivre. Un peu plus, un peu moins...

— Et ça fait ovarB ! s'exclame son entraîneur avec un enthousiasme qu'il voudrait communicatif. Ce sera le nom de notre équipe.

Napoléon baisse les yeux et regarde sa poitrine. Oui, il y est écrit ovarB en lettres majuscukes blanches sur fond rose. Le B et le r sont à l'envers, mais ça se lit très bien quand même.

Ça ne veut rien dire, ovarB. Ce n'est même pas beau, comme nom. Mais un peu plus, un peu moins, songe encore Napoléon comme s'il était le plus philosophe des philosophes.

Ses coéquipiers se hâtent de transformer eux aussi leur maillot en uni-

forme de l'ovarB. Ils ne se rendent pas compte qu'ils ont l'entraîneur le plus nul du continent, le nom d'équipe le plus laid de la planète et dans leurs rangs le sportif le plus humilié de l'histoire de l'humanité.

Ça pourrait mieux commencer, mais plus mal aussi.

Le match ne débute pas de façon trop catastrophique pour l'ovarB, parce que les joueurs du Bravo jouent mollement, sans trop se forcer. Ils sont sûrs de la supériorité de leur équipe : ils ont le meilleur entraîneur (Stéphane Brind'Amour vient de remporter pour une deuxième fois le championnat régional de hockey avec les Bras-de-fer, l'équipe de l'arrondissement Brastigouche). Ils ont aussi le meilleur gardien de but (Vanessa) et les meilleurs joueurs (comme Alix était le premier à faire son choix, il a nécessairement toujours choisi un joueur supérieur d'un cran à celui dont Omar devait se contenter juste après lui).

Alix donne l'exemple. Il faut d'abord évaluer l'adversaire, même le plus faible. Il s'avance au milieu du terrain, puis recule, en voyant Napoléon à sa droite. Le joueur du centre ne peut pas être aussi facile à déjouer. Cela n'empêche pas Napoléon de foncer sur Alix avec enthousiasme, convaincu que mieux vaut être nul et énergique que lamentable et nonchalant. Alix est obligé de retourner le ballon à l'un de ses arrières. Mais le centre de l'ovarB, Omar, est rapide comme un zèbre algérien, s'il y a des zèbres en Algérie. Il court vers le ballon, s'en empare, dribble habilement pour déjouer deux adversaires et se retrouve seul devant Vanessa. Il décoche un tir puissant vers un coin supérieur du but. Pas de chance : Vanessa réussit un saut digne d'une biche québécoise et fait l'arrêt du bout des doigts.

D'une seule main, elle se hâte de relancer le ballon en direction d'Alix, qui s'en approche sans se presser. Mais un joueur en maillot rose le dépasse et s'en empare. Qui ? Vous ne le devinerez jamais : c'est notre Napoléon de l'ovarB, qui s'avance vers le but avec le ballon entre les pattes. Il trébuche, se redresse comme s'il avait des ressorts dans les genoux, déjoue un adversaire sans trop savoir comment il a bien pu faire. Et le voilà devant le filet, avec Omar à sa droite et Vanessa devant lui. Omar est meilleur tireur, aussi bien lui passer le ballon. Mais Vanessa devine que Napoléon n'osera pas tirer et elle réussit à intercepter la passe, alors que Lisandru Colonna criait de toutes ses forces :

— Tire, Napoléon ! Tire !

Napoléon, Omar et cinq autres joueurs de l'ovarB se sont trop avancés en territoire opposé. Le ballon relancé par Vanessa leur passe par-dessus la tête et aboutit sur le pied d'Alix qui s'élance à son tour vers le but adverse.

Le gardien de l'ovarB occupe ce rôle pour la première fois de sa vie. Et la dernière, espère-t-il. Vanessa était dès le premier entraînement la gardienne attitrée de l'équipe et personne n'a accepté d'être substitut parce qu'il aurait été assuré de ne jamais jouer à moins que Vanessa ne soit blessée ou malade. Et alors son remplaçant aurait passé pour un minable comparé à elle puisqu'il n'aurait jamais été devant le but dans un vrai match avant ce jour-là.

Ce gardien improvisé s'appelle Quang Nguyen. Vanessa lui a prêté ses épais gants de gardien, en lui disant : « Tu vas en avoir plus besoin que moi. » Et il est quasiment mort de peur en voyant Alix foncer sur lui.

Alix est très embêté, malgré tout. Pendant les exercices, il a remarqué que

Vanessa saute plus souvent vers sa droite que vers sa gauche quand un joueur tire vers son but. Mais il n'a jamais affronté Quang. Faut-il viser à droite ou à gauche ? Alix décide d'opter pour le milieu. Qu'il saute d'un côté ou de l'autre, il ne pourra pas être au centre en même temps.

Mais Quang est terrorisé. Il n'a pas du tout envie de recevoir ce ballon dans la figure, ni ailleurs sur son corps, surtout pas là où ça fait le plus mal. Pour éviter le ballon, il doit deviner si Alix va tirer à gauche ou à droite. S'il choisit la gauche, Quang a intérêt à être de l'autre côté. Mais s'il saute à droite alors qu'Alix tire de ce côté-là, il va souffrir horriblement. Et Quang a horreur de la douleur.

De toute façon, il est trop tard pour sauter, puisque le pied d'Alix vient de s'élancer en arrière avant de frapper la balle. Quang décide donc de ne pas bouger. Alix est un très bon joueur : il va tirer à droite ou à gauche. Quang a toutes les raisons de croire que le ballon ira n'importe où mais pas sur lui.

Son vœu ne sera pas exaucé. Le tir lui arrive en pleine poitrine et Quang tombe sur le dos. Le ballon rebondit et roule vers Alix, qui prend un élan de son pied droit et s'apprête à expédier la balle une fois de plus, et encore en plein centre du filet, maintenant qu'il est libre.

Par contre, une petite peste se faufile entre lui et le but et donne un coup sur le ballon juste au moment où le pied d'Alix allait le toucher. C'est Napoléon, qui court comme un diable sur le terrain – généralement dans la mauvaise direction, mais pas toujours.

Et voilà Alix sur le dos, lui aussi. La foule rigole. Autant de Quang que d'Alix, mais celui-ci n'a aucun moyen de le savoir. Il est encore plus furieux parce que Napoléon est un de ses meilleurs amis, et il vient d'oublier une vérité vieille comme le monde : quand nous pratiquons un sport, nos amis cessent d'être nos amis dès qu'ils sont dans l'équipe adverse.

Napoléon tape de toute la force de son pied droit. Le ballon monte dans les airs, retombe au milieu du terrain où Omar reprenait son souffle. Et voilà Omar qui repart furieusement avec le ballon. Vanessa s'avance vers lui pour couper les angles. Omar choisit de taper vers sa droite, mais la main de Vanessa réussit à faire dévier le ballon suffisamment pour qu'il se retrouve en ligne de touche.

Vanessa secoue sa main endolorie. Peut-être regrette-t-elle d'avoir prêté ses gants à Quang. Mais pour elle, le plus important n'est pas de protéger sa main, c'est de protéger son but.

10

Qu'est-ce qu'André et Aline viennent faire ici ?

L'arbitre siffle.

Déjà la fin de la première demie ? « Ce n'est pas possible », songe Napoléon. Il était sûr qu'il ne s'était écoulé que cinq minutes, pas plus que dix en tout cas, depuis le début du match. Une fois de plus, il constate que le temps est une chose extrêmement élastique. Il a déjà regardé des matchs de soccer ou de hockey à la télévision, et le temps lui semblait horriblement long. Alors que, quand on joue soi-même, les heures s'écoulent presque aussi vite que les minutes.

C'est donc zéro à zéro après quarante-cinq minutes de jeu. Pas si mal, finalement, pour une équipe nulle dirigée par un entraîneur plus nul encore. Les joueurs de l'ovarB ont travaillé fort. Surtout, ils ont eu de la chance. Dans tous les sports, c'est l'ingrédient secret le plus indispensable : il faut toujours un peu de chance pour gagner. Ou un peu de malchance pour perdre.

Assis sur le banc de son équipe, Napoléon voit de loin Vanessa et Alix qui discutent ferme avec leur entraîneur. Ils ont l'air de mauvaise humeur, ces trois-là. Les tirs du Bravo ont touché deux fois les poteaux du but de l'ovarB et aussi souvent la barre transversale. Les autres tirs ont abouti sur Quang qui ne bougeait jamais en espérant que le ballon l'éviterait. La seule fois qu'il a essayé de fuir l'action, il a reçu le ballon dans le dos. Un arrêt génial, ont jugé son père et sa mère, assis dans les gradins.

Ce n'est qu'un match amical. Intra-équipe, par-dessus le marché. Vanessa et Alix devraient se calmer. Qu'on gagne ou qu'on perde, cela n'a aucune espèce d'importance. D'ailleurs, ce qui compte, c'est de participer, pas de gagner, même les non-sportifs savent ça. D'autant plus qu'on n'est pas en finale de la Coupe du monde !

Napoléon songe à tout ça et se répète que si l'ovarB perd le match, ça ne voudra rien dire. L'ovarB n'existe pas véritablement. Ce n'est pas une vraie équipe, elle doit son nom au simple fait qu'il fallait mettre les maillots à l'envers. Gagne ou perd, Napoléon pourra toujours compter sur l'amitié de Vanessa, de son grand-père et d'Alix. Sa mère va l'aimer tout autant, ni plus ni moins. Son père aussi. Remporter ce match ne changera pas le monde. Le perdre n'aura rien d'humiliant ou de blessant.

Pourtant, il se passe en ce moment une chose étonnante dans la tête de Napoléon : il commence à avoir envie de gagner. Il ne considère même pas la possibilité de perdre. Il sait qu'il va gagner. Parce qu'il veut gagner. Parce qu'il peut gagner. Parce qu'il ne peut pas faire autrement que gagner.

Et quand bien même Vanessa refuserait de lui adresser la parole pendant une semaine ou jusqu'à la fin de ses jours parce qu'elle aurait perdu à cause de lui, Napoléon va tout faire pour vaincre. Tant pis si elle lui en veut. D'ailleurs, si elle l'empêchait de remporter la victoire, Napoléon lui en voudrait pour toujours. En tout cas, au moins jusqu'à demain matin.

Le match va reprendre dans quelques minutes. La foule est de plus en plus nombreuse, parce que la dernière crêpe au sirop d'érable a été avalée. Les gradins sont pleins et il y a presque autant de spectateurs debout le long des lignes de touche, des deux côtés du terrain. Tout le monde connaît un joueur ou une joueuse dans une équipe ou dans l'autre. Il y a même des gens qui se lancent des invectives, probablement pour rigoler, mais la mairesse de l'arrondissement Val-aux-veaux n'en est pas sûre et demande au chef de police de surveiller les événements. On n'est pas en Amérique du Sud ou en Angleterre, où la passion du foot occasionne parfois des tragédies. Mais on ne sait jamais.

Lisandru Colonna adresse à ses joueurs un de ces discours dont il a le secret :

—Écoutez, c'est zéro à zéro. Si ça continue comme ça, ça va être un match nul. Il n'y a qu'une chose aussi déshonorante qu'un match nul, et c'est la défaite.

Je dirais même que rien n'est plus nul qu'un score nul. Pour l'éviter, il n'y a pas trente-six solutions : il faut marquer le prochain but. Et si le Bravo réplique avec un but, nous devrons contre-attaquer aussitôt avec un autre but, et ainsi de suite jusqu'à la fin du match. Parce que si nous n'avons pas un but de plus qu'eux, ce sera l'égalité. Ou, pire encore, la défaite.

Il fait mine d'essuyer une larme. Napoléon est ému, lui aussi. Il n'a plus du tout envie de rire des lapalissades de son entraîneur. Parce que ce ne sont plus des colonnades. Ce sont des vérités profondes, prononcées par un vieil expert qui mérite le respect de ses joueurs puisque jusqu'à maintenant il leur a évité la défaite. Et rien ne prouve qu'il ne les mènera pas à la victoire avec sa formule secrète : marquer plus de buts que l'autre équipe.

D'autant plus que Napoléon sent couler dans ses veines ce qu'il appelait autrefois André et Aline et qu'il sait maintenant être tout simplement de l'adrénaline.

11

À la recherche
du carton rouge

La deuxième demie commence de façon catastrophique.

L'ovarB s'élance sur le terrain avec
une détermination redoublée. Le problème, c'est que le Bravo fait de même.

Après quelques minutes de jeu, Vanessa amorce une contre-attaque en bot-
tant le ballon par-dessus la ligne centrale.
Alix s'en empare, le faufile entre les
jambes de Napoléon qui fonçait sur lui,
convaincu que son adrénaline allait lui
permettre de tétaniser ses adversaires.

Alix connaît maintenant la technique à utiliser pour marquer contre le gardien. Quang ne bouge presque jamais. Il tire donc le ballon dans le coin droit.

Et le mal est fait : c'est un à zéro pour le Bravo.

Les joueurs de l'ovarB sont démoralisés. Napoléon encore plus que les autres, puisque c'est par sa faute à lui que tout a commencé : se laisser passer le ballon entre les jambes, quelle erreur de débutant ! Mais à bien y penser, c'est ce qu'il est : un débutant.

Il jette un coup d'œil au chronomètre : il reste encore quarante-deux minutes. Quarante-deux minutes à se laisser ridiculiser, à se faire passer des ballons entre les pattes, à courir partout sauf dans la bonne direction. Avec un gardien qui, ça se voit, a plus envie de s'enfuir que d'arrêter les tirs des adversaires.

Si Napoléon s'écoutait, il irait dire à son entraîneur qu'il vaut mieux abandonner maintenant, avec un score honorable de un à zéro, plutôt que dans quarante-deux minutes, lorsque ce sera dix à zéro ou même cinquante à zéro.

Mais Napoléon sait que ça ne servirait à rien, parce que l'instructeur, c'est son grand-père. Et son grand-père est obstiné. D'ailleurs, pourquoi changerait-il d'idée ? Ce n'est pas l'entraîneur qui se fait humilier sur le terrain, ce sont les joueurs.

Suprême horreur : Napoléon vient d'apercevoir sa mère, dans les gradins. Elle était bénévole pour la fête nationale et préparait des crêpes. Elle lui a seulement promis qu'elle ferait de son mieux pour assister au match, mais ne pensait pas pouvoir se libérer à temps, parce qu'elle devait ensuite ranger la cuisine volante. « De toute façon, a-t-elle ajouté, je sais que tu vas jouer comme un champion. »

Comme un champion ? Napoléon n'a pas protesté, mais il aurait dû, dès cet instant, lui enlever ses illusions et lui interdire de venir voir le match.

Son père aussi est là, près de la ligne de touche, accoudé au panneau du chronomètre. C'est lui qui a tracé les lignes blanches, ce matin. Il avait prévenu Napoléon qu'il ne savait pas quelle autre tâche la mairesse de l'arrondissement lui confierait, cet après-midi. Et elle a pensé lui faire plaisir en lui confiant le chronomètre du match de l'équipe de son fils ! Il ne peut pas manquer une seule seconde de la débandade de l'équipe de son fils unique. Il devrait faire avancer le chronomètre plus vite que le temps. Mais il n'a même pas l'air d'y penser.

Le pire, c'est qu'il lève le pouce et crie, alors qu'on devrait attendre plus de réserve de la part du chronométreur officiel : « Allez, Napoléon, tu es capable ! »

Napoléon aurait envie de creuser un trou pour se cacher sous la pelouse. Même ça, il n'en est pas capable.

Heureusement, le Bravo ralentit. Alix et ses coéquipiers font exprès de jouer défensivement, maintenant qu'ils ont une avance – insurmontable – quand on joue contre une équipe aussi minable que l'ovarB. Ils s'échangent le ballon en rigolant, amorcent des montées, puis reculent avec le ballon dont ils ont le contrôle à peu près continuel. De temps à autre, Omar réussit à s'en emparer, mais il le perd rapidement quand trois adversaires se jettent sur lui alors qu'aucun de ses coéquipiers n'a réussi à se démarquer.

Une fois, Napoléon a aperçu le ballon immobile devant lui. Il a couru, a pris un élan pour donner un grand coup de pied qui l'aurait envoyé en direction du but adverse... Mais un autre pied est arrivé au ballon avant lui et l'a expédié dans l'autre direction. Napoléon a frappé dans le vide, ses deux pieds sont partis vers le haut et il s'est retrouvé sur le derrière, lui aussi. Il a entendu rire la foule. Même sa mère – en tout cas, il y avait dans ce rire collectif des éclats joyeux qui ressemblaient à ceux de Gaby quand elle regarde un vieux film de Charlie Chaplin à la télévision.

Napoléon n'a même pas pu voir quel était ce pied qui l'a tourné en ridicule. De toute façon, que ça ait été le pied d'Alix ou celui d'un autre, ça ne change rien à l'affaire.

Nouveau coup d'œil au chronomètre : il en a pour encore vingt minutes à faire rire de lui. Qu'est-ce qu'il peut faire pour se tirer de ce mauvais pas ?

Un carton rouge ! Oui, c'est la solution : il va se faire donner un carton rouge. Pas un jaune, qui n'est qu'un avertissement. Mais un rouge, rien de moins. Quand un joueur reçoit un carton rouge, il est expulsé jusqu'à la fin du match.

Mais c'est plus facile à dire qu'à faire. Pour avoir un carton rouge, il faut avoir été coupable de rudesse excessive. Napoléon en est-il capable ? Absolument pas. Mais quand il faut, il faut. Il n'a pas le choix.

Il avise une défenseure du Bravo, à quelques mètres de lui. C'est la blonde que lui a préférée Alix dans le choix de ses coéquipiers. C'est une joueuse solide, mais pas très rapide, probablement intimidée parce que c'est la première fois qu'elle fait partie d'une vraie équipe de soccer. Elle reste tout le temps derrière les autres, sous prétexte de ne pas abandonner Vanessa, mais la gardienne de but sait fort bien se débrouiller toute seule. Elle n'a pas de protège-tibias. Napoléon va lui donner un petit coup de pied à la cheville. Pas assez fort pour lui faire mal, mais Stéphane Brind'Amour a interdit les coups dans les chevilles des nouveaux joueurs. Il a même promis un carton rouge à quiconque oserait. Napoléon va oser, et il pourra passer la fin du match de l'autre côté de la ligne de touche, à regarder son équipe subir sans lui la déconfiture du siècle. L'obarB est pourri à onze contre onze. À dix contre onze, mieux vaut ne pas y penser.

Napoléon fonce vers la blonde et lui dit : « Excuse-moi, mais je ne peux pas faire autrement. » Elle le regarde avec des yeux ronds. Elle n'a rien entendu de ce qu'il racontait parce que la foule hurle. Elle n'a aucune idée de ce qui l'attend.

Les cris de la foule augmentent encore, comme si tout le monde devinait que Napoléon s'apprête à poser un geste ignoble. Mais elle a tort, la foule, parce que Napoléon est incapable de mettre son plan à exécution. Il n'a jamais été très doué pour jouer les salauds. Il s'arrête à un pas de la fille. Tant pis pour le carton rouge. Il faudra trouver un autre moyen de se faire expulser. Pourquoi ne pas simplement prendre ses jambes à son cou et courir jusque chez lui ou jusqu'au bout du monde ?

— Napoléon, le ballon ! crie alors Lisandru Colonna de sa voix la plus aiguë.

Le ballon ? Quel ballon ? Napoléon a tout juste le temps de se retourner, et il l'aperçoit, dans un lob vraisemblablement tiré de l'autre bout du terrain par Omar. Et qu'est-ce qu'il fait, ce ballon ? Il décide d'atterrir sur la tête de Napoléon.

Ouille ! Napoléon tombe encore. À plat ventre, pour faire changement.

Et voilà que la foule crie plus fort que jamais. Comme si la blonde méritait un carton jaune ou rouge pour l'avoir poussé par terre. Napoléon se relève, cherche des yeux l'arbitre pour lui expliquer que la joueuse adverse n'a rien fait, qu'il est

tombé tout seul à cause de ce damné ballon qu'il n'a pas réussi à éviter.

Des joueurs sautent sur Napoléon pour lui faire un mauvais parti. Il essaie de leur faire comprendre qu'il n'a rien fait, lui non plus. « Demandez-lui, elle vous le dira ! », proteste-t-il.

Mais ce ne sont pas des joueurs de l'autre équipe. Ce sont ses coéquipiers à lui. Depuis quand les coéquipiers d'un joueur le punissent-ils d'avoir malmené un adversaire, surtout quand il n'a rien fait du tout ?

Non, ils ne s'attaquent pas à lui : ils le félicitent. Napoléon entend « Beau coup de tête ! Génial ! Tu es le meilleur, Napoléon ! On va les avoir ! » et d'autres exclamations enthousiastes auxquelles il ne comprend rien jusqu'au moment où il se tourne vers le filet du Bravo.

Et le spectacle qu'il aperçoit lui crève le cœur. Vanessa est à genoux, honteuse, la tête baissée. Le ballon est derrière elle, au fond du filet.

Napoléon comprend enfin : le ballon lui est tombé sur la tête, a rebondi et Vanessa n'a pas été capable d'arrêter ce tir absolument inattendu parce que tout à fait involontaire. Il aurait envie d'aller s'excuser, de lui dire que ce n'est pas de sa faute, qu'il n'a même pas fait exprès.

Mais il n'en fera rien. Au contraire, plus ses coéquipiers le félicitent et plus la foule l'acclame, plus il est fier de son exploit. Parce que c'en est un : marquer un but de la tête, avec un ballon qu'il a à peine vu venir. Et il aperçoit du coin de l'œil son ex-copain Alix Casimir, furieux, qui réprimande la défenseure blonde parce qu'elle n'a pas empêché Napoléon de marquer alors qu'elle était juste à côté de lui.

Il ne faut jamais se réjouir du malheur des autres. Mais il y a sûrement une exception quand on est l'auteur d'un but qui va peut-être leur faire perdre la partie.

12

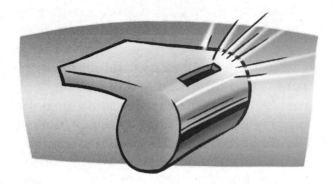

**Ce n'est jamais fini tant
que ce n'est pas fini.**

Le match n'est pas terminé. Il reste encore quelques minutes et le Bravo, Alix Casimir en tête, n'a aucune envie de se résigner à la nulle.

L'ovarB s'en contenterait, lui. Contre une équipe plus forte, un score de un à un n'a rien de déshonorant, quoi qu'en dise Lisandru Colonna.

Le Bravo lance quelques actions plutôt mal orchestrées. Ses joueurs ne sont plus si sûrs de gagner. Ils sont nerveux, et leur jeu s'en ressent. Leurs passes sont imprécises, aboutissent souvent en touche. Omar réussit même en contre-attaque un autre tir cadré que Vanessa a bien du mal à arrêter.

Enfin, un coup de sifflet de l'arbitre annonce la fin du match !

Les onze de l'ovarB se sautent dans les bras des uns et des autres. Ce n'est pas une victoire, mais c'est tout comme. Une victoire morale, sans aucun doute.

Les onze du Bravo ont la tête basse, comme s'ils venaient de subir une défaite immorale.

Pourtant, avec un match nul, tout le monde devrait être content.

Pas Alix Casimir, en tout cas, parce qu'il parle à l'arbitre, qui va ensuite discuter avec les deux entraîneurs, et les quatre s'avancent au centre du terrain en faisant de grands gestes pour demander à tous les joueurs de s'approcher.

—Alix veut une fusillade, annonce l'arbitre. Les entraîneurs sont d'accord. Qu'est-ce que vous en pensez ?

Les joueurs du Bravo lancent des cris de joie. Ils acceptent, sûrs de gagner en fusillade. Mais quelques joueurs de l'ovarB, moins familiers avec le langage du soccer, froncent les sourcils. Une fusillade ? On va les fusiller ? Parce qu'ils ont osé faire match nul ?

L'arbitre se sent obligé d'expliquer :

—Vous pouvez aussi appeler ça des tirs de barrage ou des tirs au but, si vous préférez. Ou des tirs de pénalité. Quand le match est nul, des joueurs de chaque équipe tirent à tour de rôle contre le gardien adverse, jusqu'à ce qu'une des équipes prenne une avance insurmontable. C'est aussi comme ça au hockey, maintenant.

Napoléon n'a pas très bien compris. Mais il n'est pas d'accord. On veut leur voler leur match nul ? Leur victoire morale ! La preuve que c'est une mauvaise idée : c'est une idée d'Alix. Napoléon secoue la tête.

—Pas question, mes parents m'attendent.

—Ils sont là, tes parents, rigole Alix.

C'est vrai, mais il est tout à fait possible qu'ils soient très pressés de rentrer avec lui à la maison. Napoléon n'a pas le temps de répliquer, parce qu'Alix continue :

—As-tu peur de perdre, Napoléon Ratté ? Puis vous autres ?

Dix joueurs de l'ovarB secouent la tête pour montrer qu'ils ne sont pas des poltrons. Napoléon est bien obligé de faire comme eux.

Pour les tirs au but, chaque entraîneur doit désigner cinq joueurs.

Lisandru Colonna examine ses troupes. Omar sera le premier, c'est évident. Il y a aussi trois autres joueurs – deux gars et une fille – qui ont bien tiré leur épingle du jeu. C'est-à-dire qu'ils n'ont pas été trop mauvais et ont même parfois, pendant quelques secondes, réussi à contrôler le ballon.

Comme il ne connaît pas leurs noms, Lisandru Colonna les désigne du doigt.

—Allez-y et n'oubliez pas qu'il suffit de marquer un but de plus qu'eux.

—On est seulement quatre, proteste Omar. Il en faut cinq.

—C'est pourtant vrai.

Lisandru Colonna examine le reste de son équipe. Six joueurs, en excluant le gardien. Aucun n'a manifesté d'aptitudes particulières pour le foot. Au contraire, ils sont plutôt sous-doués parce qu'ils sont tous des débutants. S'ils jouent encore pendant quelques années, ils finiront peut-être par maîtriser certains aspects du jeu. Pour l'instant, ce n'est pas évident.

Le sifflet de l'arbitre l'invite à faire son choix sans plus tarder. Et Lisandru

Colonna se rappelle enfin que Napoléon a marqué le seul but de son équipe. Il le connaît assez pour savoir que son coup de tête était parfaitement involontaire. Pour le reste, il a été encore plus pitoyable que la plupart des autres. Sa spécialité ? Laisser le ballon lui filer entre les jambes.

De plus, c'est son petit-fils, et on risque de l'accuser de népotisme. Par contre, en désignant le seul marqueur en temps réglementaire, l'entraîneur de l'ovarB a un bon argument à opposer aux critiques.

— Allez, Napoléon, tu as réussi le premier but. Tu vas m'en marquer un autre.

Il y a des murmures de déception parmi ses troupes, même chez les joueurs qui ont déjà été désignés. En allant rejoindre les quatre autres élus, Napoléon entend quelqu'un murmurer :

— On sait bien, c'est ton grand-père.

Lisandru Colonna aurait-il choisi Napoléon par favoritisme ? Si c'est le cas, Napoléon ne le lui pardonnera jamais, parce que sa participation à la fusillade risque de n'être qu'une autre occasion de se ridiculiser. Mais à bien y penser, ce n'est pas si grave, parce que les tirs de pénalité seront sûrement terminés en faveur du Bravo avant qu'on arrive au cinquième tireur de l'ovarB. Dès que le Bravo aura marqué trois buts et l'ovarB pas un seul, ce sera fini.

Et ce ne sera pas trop tôt.

13

Héros un jour,
héros toujours ?

Le vœu de Napoléon sera-t-il exaucé ? Ça ne devrait pas tarder, car le tirage au sort a désigné le Bravo pour le premier tir.

Alix entame les hostilités. Il sait que Quang préfère rester au centre, sans bouger. Il vise donc le coin droit. Mais Quang a eu le temps de réfléchir. Maintenant que ses adversaires ont vu qu'il ne bouge presque jamais, ils vont tous tirer à droite ou à gauche, et il va souffrir le martyre s'il saute du bon côté et stoppe le ballon.

Il préférerait ne pas bouger. Mais l'instructeur vient de lui dire : « L'important, c'est de bouger. Parce que la seule façon d'arrêter un ballon qui bouge, c'est de bouger soi-même. »

À tout hasard, Quang décide de faire un saut à sa droite, en mettant ses mains gantées devant la partie de son corps qu'il tient le plus à protéger. Pas de chance : il réussit l'arrêt sous les exclamations de la foule. Et il souffre malgré les gants, mais sans doute un peu moins que si le but avait été marqué.

Au tour d'Omar. Il fait deux pas en avant et tire dans le coin supérieur gauche. Un boulet impossible à arrêter. Sauf par Vanessa, qui semble avoir prévu le coup et réussit encore une fois à faire dévier le ballon du bout de ses doigts.

Elle arrête aussi les trois tirs suivants. Quang, lui, en bloque encore quatre, même s'il ne touche pas une seule fois au ballon. Celui-ci est simplement et systématiquement tiré sur ses poteaux ou hors cadre par des joueurs du Bravo trop nerveux parce qu'ils viennent de découvrir que Quang est capable d'arrêter des tirs de pénalité.

— C'est à ton tour, Napoléon.

Déjà ? C'est zéro à zéro dans les tirs au but. Napoléon est le dernier des dix joueurs désignés. Il ne peut pas être pire que ceux qui l'ont précédé.

— Marque le but, et nous gagnons, lui glisse à l'oreille son grand-père. Tire à droite, c'est son côté faible.

L'entraîneur a beau dire, Napoléon est sûr qu'il ne pourra pas déjouer Vanessa. Il fait quelques pas en avant, essaie de prendre l'attitude de ceux qui l'ont précédé : confiant et décidé. Ce n'est pas faux : il est confiant de rater son coup et décidé à ne pas marquer. Il recule d'un pas avant de s'élancer sur le ballon, mais il hésite parce qu'il a tout à coup envie de réussir ce but.

Pourtant, il ne peut pas faire ça à Vanessa. Elle déteste perdre, alors que lui en a l'habitude. Mais voilà qu'il lui reprend l'envie de gagner. Oui, pourquoi ne serait-il pas vainqueur au moins une fois dans sa vie ? Vanessa ne voudra jamais plus lui parler. Il devra se trouver une nouvelle future mère de ses enfants, ce qui n'est pas très facile quand on s'appelle Napoléon Ratté. Justement, la blonde du Bravo a la couleur de cheveux toute désignée pour devenir sa nouvelle blonde. Et si elle refuse ? Tant pis : il se passera de blonde. Il y a des célibataires qui semblent parfaitement heureux de leur sort. Son grand-père, par exemple, a été triste pendant un an après le décès de sa femme. Puis il est redevenu aussi joyeux qu'avant.

Napoléon réfléchit encore une seconde ou deux. Oui, c'est absolument ridicule de vouloir gagner à tout prix. Mais c'est encore plus risible de se contenter d'une défaite.

L'arbitre siffle pour lui faire comprendre qu'il a perdu assez de temps.

Napoléon se rappelle que son grand-père lui a dit de tirer à droite. Mais quelle droite ? Celle de Vanessa ou la sienne ? Ce n'est pas du tout la même chose. C'est même exactement le contraire. Il est trop tard pour lui demander.

Il recule d'un autre pas, puis s'élance en avant. Non, il ne peut pas faire ça à Vanessa. Il va envoyer le ballon juste à gauche du but, pour ne pas avoir l'air trop nul quand même, car si Vanessa a l'impression qu'il a fait exprès de ne pas marquer, elle pourrait lui en vouloir encore plus que s'il avait réussi.

Il plante solidement son pied gauche dans la pelouse, puis lance l'autre pied en arrière. Et il change encore d'idée ! Jamais dans l'histoire de l'humanité un individu n'aura changé d'idée aussi souvent en aussi peu de temps. Cette fois, pas question qu'il rate son tir. Tant pis si Vanessa est furieuse. Il est là pour gagner, pas pour perdre. Son instructeur lui fait confiance. Ses coéquipiers mettent en lui tous leurs espoirs. Son père et sa mère le regardent. Il va le marquer, ce but de la victoire. Et on va parler pendant des années de l'exploit de Napoléon Ratté. On va même en oublier que c'est le prénom d'un abominable dictateur accolé au plus pitoyable des noms de famille.

Son pied frappe le ballon d'aplomb. Napoléon s'arrête, suit des yeux la trajectoire. Le projectile s'est envolé, mais pas tout à fait dans la direction prévue. Il se dirige vers un point situé à quelques centimètres seulement du poteau gauche. Mais à gauche du poteau gauche. Pas dans le filet.

C'est la catastrophe ! Oui, Vanessa va être contente. Mais Napoléon sera déshonoré à jamais. Il ne lui restera plus qu'à démissionner de l'équipe, même si ses souliers et ses protège-tibias ne sont plus assez neufs pour être rapportés au magasin. Il va les offrir à Alix. Ses parents seront sûrement d'accord pour que son équipement serve à un joueur qui saura s'en servir.

Mais voilà que le ballon, sans demander la permission de Napoléon, cesse de voler tout droit dans la direction qu'il avait d'abord prise. Il entreprend une trajectoire courbe inexplicable. Pourtant, il n'y a pas de vent. Il n'empêche que le ballon oblique un tout petit peu vers la droite. Malheureusement, Vanessa se dirige de ce côté-là et va l'arrêter. Mais ce damné ballon n'est pas du tout d'accord. On jurerait qu'il accélère encore un peu et arrive à se loger dans le coin du filet avant que Vanessa ait pu le toucher.

Napoléon n'entend pas la foule qui hurle, à moitié de joie et à moitié de déception. Il voit seulement Vanessa qui lui tourne le dos et constate que le ballon est bel et bien au fond du filet. Elle se retourne vers lui et lui lance un regard tel que Napoléon aurait envie de revenir en arrière, comme quand on fait jouer un DVD en marche arrière. Et alors il reprendrait ça, en envoyant le ballon encore plus à gauche – deux ou trois mètres, tant qu'à faire, pour ne prendre aucun risque.

Mais il sait que dans la vie il n'y a pas de télécommande pour nous faire reculer dans le temps.

Et il ne peut plus que faire semblant de savourer cette minute de gloire, en levant les bras en signe de victoire. Parce que cette minute ne durera que ça, une minute.

Lisandru Colonna, lui, a bien l'intention d'avoir son plein quart d'heure de gloire. Il explique, à qui veut l'entendre et à qui ne veut rien savoir, qu'il a eu le génie de choisir son petit-fils Napoléon Ratté comme cinquième tireur au but, au risque de se faire accuser de népotisme.

— Le cinquième, dans les tirs au but, c'est toujours le plus important, insiste-t-il. Et je savais que Napoléon ne me décevrait pas. C'est moi qui lui ai dit de tirer à la droite de la gardienne. D'ailleurs, n'avait-il pas réussi une tête absolument magnifique...

Il continue longuement, répète les mêmes histoires pour la mairesse de l'arrondissement, puis pour la journaliste du *Clairon du Centre,* qui prend sa photo, sans qu'il insiste pour y être accompagné de son petit-fils qui est pourtant le héros du match.

La journaliste prend malgré tout des photos de tous les joueurs ensemble, puis quelques gros plans de ceux qu'elle a jugés les meilleurs, y compris Napoléon, qui sait bien que c'est son grand-père qui aura sa photo en première page du journal. Tout le monde dans le quartier le connaît, lui, alors que Napoléon est un illustre inconnu dont la photo ne peut pas faire augmenter les ventes du journal. D'autant plus que *Le Clairon du Centre* est un journal gratuit.

14

Vanessa : viendra,
viendra pas ?

Depuis trois ans, à la Saint-Jean, il y a une tradition chez les Ratté : Napoléon et ses parents regardent de leur balcon le feu d'artifice tout aussi traditionnel de la Saint-Jean.

Ce spectacle – suivi de l'encore plus traditionnel bûcher de la fête nationale – est présenté dans le parc de la sixième avenue, et est bien visible depuis le balcon des Ratté, au deuxième étage. Et Gaby, comme son beau-père, trouve à la fois plus confortable et plus agréable de le regarder depuis des chaises sur le balcon que debout au milieu de la foule, dans le parc. Le père de Napoléon est rarement là, justement parce qu'il travaille à la préparation des feux et ensuite au nettoyage du parc.

Depuis l'an dernier, Vanessa, à titre de meilleure amie de Napoléon, est invitée avec son père sur le balcon des Ratté. Mais le père de Vanessa ne vient jamais lui non plus, parce qu'il est pompier et surveille les feux. Il n'arrive jamais rien, mais on ne sait jamais.

L'an dernier, il avait reconduit sa fille chez les Ratté avant de retourner au parc pour le feu d'artifice.

Mais ce soir, Vanessa n'est pas venue. Napoléon devine pourquoi : elle est vexée de cette humiliante défaite subie aux mains de Napoléon à lui tout seul (n'est-ce pas lui qui a marqué le but égalisateur et le but vainqueur ?)

Il est donc seul avec sa mère et son grand-père, lorsque la première fusée éclaire le ciel. Une superbe pièce pyrotechnique jaune, qui se sépare en cinq avant de retomber lentement en une pluie d'étincelles.

— Si on était là-bas, on ne verrait pas aussi bien, fait remarquer Gaby cette année encore, comme les précédentes.

—C'est tout à fait vrai, acquiesce comme toujours Lisandru Colonna.

Napoléon constate que regarder un feu d'artifice avec des vieux, ce n'est pas du tout comme le regarder avec des jeunes. Si Vanessa était là, elle s'écrierait « Oh ! La belle zaune ! » avec une voix de petite fille pour simuler l'émerveillement des enfants. À la suivante, Napoléon lancerait « Oh, la belle rouze ! » en zézayant lui aussi comme un tout-petit. Et ils riraient aux éclats, parce que tout le monde sait que les feux d'artifice, c'est surtout pour impressionner les petits enfants. À l'âge de Napoléon et de Vanessa, il ne faut pas montrer trop d'enthousiasme, sinon on passe pour des bébés. Et c'est pour ça que ce jeu d'imiter les tout-petits permet à nos deux grands enfants de s'amuser comme s'ils étaient encore presque des bébés.

—Oh, la belle verte ! s'exclame pourtant Lisandru Colonna de sa voix chevrotante lorsque la fusée suivante illumine le ciel en entier.

Napoléon se demande si son grand-père dit ça sérieusement ou pour rire. Sérieusement, on dirait. À la suivante – une rouge –, Napoléon ouvre la bouche pour crier « Oh, la belle rouze ! », mais il

95

se retient parce qu'il n'est plus un tout-petit. Il est maintenant un athlète accompli, dans le sport le plus pratiqué dans le monde entier. Il n'est pas devenu un adulte pour autant, mais il n'est plus tout à fait un enfant.

— Oh, la belle rouze ! s'exclame derrière lui une voix qu'il reconnaît parfaitement, même si elle essaie d'imiter celle d'un bébé.

C'est Vanessa, qui vient d'arriver.

Napoléon est rassuré : elle n'est pas fâchée. Mais elle l'est peut-être un peu, parce qu'elle s'assoit sur une chaise entre Gaby et le grand-père, alors qu'il y en a une de libre, à côté de celle de Napoléon.

Elle explique qu'elle est en retard parce que son père était pris par la surveillance des préparatifs du feu d'artifice et n'a pas pu venir la reconduire. Et finalement elle a décidé de venir toute seule, à pied.

Vanessa n'a pas dit bonsoir à Napoléon. Il est vrai que Napoléon ne l'a pas saluée non plus. Et puis, ils se connaissent depuis longtemps et ne se disent plus bonjour tout le temps. D'autant plus qu'ils se le sont déjà dit aujourd'hui.

— Tu as vraiment très bien joué, déclare Lisandru Colonna après avoir avalé une gorgée de vin.

Napoléon s'apprête à répliquer humblement qu'il a seulement été chanceux. Mais il est battu de vitesse par Vanessa, qui répond :

—J'ai fait de mon mieux pour gagner, mais ça n'a pas marché.

Napoléon est sûr que son grand-père va faire remarquer à Vanessa que c'est à lui qu'il disait son « Tu as vraiment très bien joué. » Mais non. Il continue comme s'il s'était vraiment adressé à elle, pour la simple raison, constate Napoléon avec dépit, que c'est à elle qu'il s'adressait.

Son grand-père parle encore du match avec Vanessa. Ils disent qu'Alix est vraiment très bon même s'il n'a pas de souliers à crampons, qu'Omar serait meilleur s'il se servait de sa tête aussi bien que de ses pieds, que Quang était pourri au début mais qu'il a vite progressé et qu'il pourrait faire un bon gardien substitut s'il s'y mettait...

« Et moi ? se demande Napoléon en silence. Ils ne parlent pas de moi. J'ai gagné ce match à moi tout seul, et ils ne disent pas un mot de ma performance ! »

Il est furieux. Mais pas longtemps. Finalement, il doit reconnaître que les autres joueurs ont aussi contribué à cette victoire. Même le ballon, quand il a décidé de changer de trajectoire, y est pour quelque chose dans ce triomphe de l'ovarB.

15

Une ou deux questions
à ne jamais poser.

Trois immenses fusées blanches viennent d'exploser pour mettre fin à une série de pétarades spectaculaires, point final du feu d'artifice.

Pendant quelques secondes, il ne se passe rien et on n'entend que les cris de joie des spectateurs qui, dans le parc et sur les balcons des alentours, saluent la fin de cette démonstration pyrotechnique tout à fait réussie.

Gaby rentre dans la cuisine pour préparer de la limonade. Et le grand-père annonce qu'il va aux toilettes, prétexte habituel pour aller remplir son verre de vin. Napoléon se retrouve seul avec Vanessa et avec une question qui lui brûle les lèvres...

—Je peux te poser une question ?

—Bien sûr.

—Es-tu fâchée contre moi ?

—Pourquoi je serais fâchée ?

—Bien, parce que j'ai marqué le but gagnant. Puis le but égalisateur, avant.

—Voyons, Napoléon, comment je pourrais t'en vouloir ? C'est un jeu. J'ai joué pour m'amuser. Oui, j'aurais préféré gagner. Mais il n'y avait pas de coupe, pas de trophée, pas de championnat. On n'était même pas deux vraies équipes. Gagner ou perdre, qu'est-ce que ça changeait ?

La réponse satisfait Napoléon pendant un instant. C'est vrai : c'était une partie juste pour rire et il ne peut pas en tirer autant de gloire que si ça avait été une finale de championnat. Mais alors, pourquoi Vanessa a-t-elle paru furieuse quand il a marqué ses deux buts ? Il réfléchit encore un peu, et il en conclut qu'elle a seulement fait semblant d'être fâchée. Et alors il lui vient à l'esprit une autre hypothèse, bien plus douloureuse, celle-là. Va-t-il en parler à Vanessa ? Non, pas question. Mais plus il y réfléchit, plus il veut connaître la vérité. Ce n'est pas tous les jours qu'il se prend pour un héros, et il faut absolument tirer ça au clair, parce qu'il n'en est peut-être pas un, à bien y penser.

— Vanessa...

Il hésite à poser sa question.

— Oui, Nap' ?

Il ramasse son courage. Il lui faut parfois plus de cran pour parler à Vanessa que pour affronter un lion. Chaque fois qu'il dit quelque chose de ridicule, elle s'en aperçoit. Et même si elle ne réagit d'aucune manière, Napoléon se rend compte tout de suite que ce qu'il a dit n'avait pas de bon sens.

— As-tu fait exprès pour laisser le ballon entrer dans le but ? Peut-être pas les deux fois. Mais surtout mon tir de la fin. Tu aurais pu l'arrêter, il me semble. En tout cas, je voulais juste te dire merci.

Voilà, c'est dit. Napoléon est vraiment reconnaissant à l'endroit de Vanessa. Ce n'est pas tous les gars qui ont une amie prête à les laisser gagner dans un match de soccer disputé devant des centaines de spectateurs un jour de fête nationale.

— Napoléon Ratté ! s'exclame Vanessa.

Elle l'appelle presque toujours Napoléon, parfois Nap', mais à peu près jamais Napoléon Ratté tout du long. Et il sait, par expérience, qu'elle ne le fait qu'avant de lui adresser des reproches. Mais il ne voit pas du tout ce qu'il aurait à se reprocher. Il l'a remerciée, qu'y a-t-il de mal là-dedans ?

— Napoléon Ratté, reprend Vanessa tout doucement, tu penses vraiment que j'aurais pu laisser passer le ballon juste pour te faire plaisir ?

— Pourquoi pas ?

— Tu me connais mal. Ça n'est qu'un jeu, mais le jeu, c'est sérieux. Tu me prends pour une tricheuse ? Tu penses que j'aurais pu trahir les joueurs de mon équipe, les laisser tomber pour les beaux yeux d'un gars de l'autre équipe ? Je ne suis pas une lâcheuse ni une tricheuse. Si le ballon est entré dans le but, c'est parce que je ne pouvais pas l'arrêter. Un point, c'est tout.

Elle se tait. Napoléon est presque content, parce que Vanessa a laissé entendre qu'il a de beaux yeux. Mais il devine aussi qu'il doit maintenant s'excuser. De quoi ? Il ne l'a pas vraiment traitée de tricheuse ni de lâcheuse. Il s'apprête à dire simplement « Je m'excuse, ce n'est pas ce que je voulais dire », ce qui lui semble approprié quand on a fait de la peine à quelqu'un sans trop savoir comment. Mais Vanessa continue :

— Et puis toi, Napoléon, tu penses que tu n'étais pas capable de marquer ces deux buts-là ? Le premier, c'est vrai, tu as été chanceux de recevoir le ballon sur la tête. Je t'ai vu : tu ne savais même pas qu'il s'en venait. Et je n'avais aucun moyen de savoir comment il rebondirait. Mais le deuxième but, tu l'as tiré comme un champion. Tu m'avais bien observée et tu as visé le coin de mon côté le plus faible, à ma droite.

Napoléon est un garçon honnête, et il devrait l'interrompre pour préciser que c'est son grand-père qui lui a dit de viser la droite. Mais ce n'est pas tous les jours qu'il reçoit de tels éloges, et il décide de ne pas les interrompre. D'autant plus que Vanessa continue, toujours sans le laisser placer un mot :

— Tu as tiré avec toute la force qu'il fallait, et en mettant de l'effet sur le ballon, avec juste assez de courbe pour qu'il aille se loger dans la lucarne sans que je puisse y toucher. Forlán n'aurait pas fait mieux. Même pas Pelé ou Maradona. Et tu viens me dire que j'aurais pu l'arrêter ? C'est le plus beau tir au but que j'ai vu de toute ma vie.

Napoléon songe que Vanessa n'est pas bien vieille et qu'elle aura souvent l'occasion d'en voir de plus beaux encore. Mais si elle dit que c'était un beau tir, elle a sûrement raison. Et il n'est pas tout à fait impossible de penser qu'il a peut-être des chances de devenir un jour un pas trop mauvais joueur de soccer.

— Je vais te dire une chose, Napoléon, conclut Vanessa. J'espère que c'est la dernière fois que l'autobus de l'autre équipe a un accident ou tombe en panne. Et que jamais plus je ne jouerai contre toi. Parce que ce que j'aime le plus au monde...

Elle fait une longue pause, pour regarder les hautes flammes qui viennent de s'allumer dans le parc. C'est le bûcher de la Saint-Jean, qui fête le début de l'été et des grandes vacances en plus du commencement de la saison de soccer. Il éclaire le visage de Vanessa d'une belle lueur rougeâtre et ses yeux brillent d'un éclat radieux. Napoléon se sent ému, cherche quelque chose à dire, mais ne trouve rien avant que Vanessa termine sa phrase :

— ... ce que j'aime le plus au monde, c'est faire des choses avec toi.

Napoléon n'en croit pas ses oreilles. Vanessa vient de dire une chose que seule une vraie blonde peut dire. Une meilleure amie qui n'est qu'une meilleure amie ne dit jamais une chose pareille. Il ouvre la bouche pour lui promettre de l'épouser un jour, mais la referme parce que c'est probablement un petit peu trop tôt. La semaine prochaine, peut-être...

Tout serait absolument merveilleux si le grand-père de Napoléon ne venait pas rompre le charme en ressortant de la maison avec un verre de vin rouge et en s'exclamant :

— Dites donc, les jeunes, si on se faisait une petite partie de cartes en attendant que vos pères arrivent ? Pour une fois, je sais que vous allez vous faire battre. Parce que c'est mon jour de chance, aujourd'hui. Sinon, je n'aurais jamais remporté un tel triomphe à la tête d'une équipe aussi lamentable.

Napoléon ouvre la bouche pour protester. Mais Vanessa lui lance un clin d'œil moqueur, illuminé par les lueurs du feu de joie.

Comme pour se faire pardonner, Lisandru Colonna ajoute, pendant que les jeunes déplient la table à cartes :

—Ah, j'ai oublié de vous dire. J'ai suggéré un titre d'article à la journaliste du *Clairon* : « L'empereur du ballon rond ». Et elle m'a promis qu'elle va l'utiliser. Elle a même dit : « C'est vraiment mérité, comme titre. »

Napoléon grimace. Voilà maintenant que son grand-père se prend pour l'instructeur le plus génial de l'histoire du football, parce qu'il a dirigé une équipe improvisée dans un match sans trophée, sans championnat, sans rien.

Et Napoléon imagine la première page du *Clairon du Centre* : son grand-père triomphant, arborant en gros plan son plus large sourire sous son grand chapeau, avec un gros titre en rouge sous sa photo en couleur :

LISANDRU COLONNA, L'EMPEREUR DU BALLON ROND

Napoléon connaît assez son grand-père pour deviner qu'il va lui demander d'aller piquer d'autres exemplaires du journal dans les boîtes aux lettres des voisins, afin de les envoyer en Corse à ses vieux amis et à ses lointains parents. Non, à bien y penser, ça va être encore pire : Lisandru Colonna va lui-même son-

ner chez tous les voisins pour collection-
ner les premières pages du journal, et il
en profitera pour raconter cent fois ses
exploits d'entraîneur.

Tout cela doit donner à Napoléon une
mine très renfrognée, parce que son
grand-père se sent obligé d'expliquer :

— L'empereur... Napoléon... tu sai-
sis ? Napoléon, l'empereur du ballon rond.

Enfin, Napoléon comprend que c'est
lui, l'empereur, et non son grand-père. Il
a presque envie de protester que c'est
peut-être un petit peu exagéré de lui donner un titre pareil. Mais Vanessa inter-
vient :

— C'est vrai que c'est un bon titre :
Napoléon Ratté, l'empereur du ballon
rond. Je suis sûre qu'ils vont le garder.

Finalement, Napoléon n'est plus fâ-
ché de s'appeler Napoléon. Ni même
Napoléon Ratté. Il n'écrira pas au premier ministre, qui devra trouver autre
chose à faire pour se rendre utile.

Montréal,
de mars 2009 à mars 2011.

**GARANT DES FORÊTS
INTACTES**

Imprimé sur du papier 100 % postconsommation, traité sans chlore, accrédité Éco-Logo et fait à partir de biogaz.

Achevé d'imprimer
à Cap-Saint-Ignace
sur les presses de Marquis imprimeur
en janvier 2012

Dans la collection
Chat de gouttière